शेरा ने अपने बारे में सब कुछ काला प्रेत को बताया —
महाबली शेरा और काला प्रेत
जोम्बा अपने मकसद में कभी सफल नहीं होगा। मैं तुम्हारी मदद करूंगा, आओ मेरे साथ!
चित्र-सुमन
पुनः रंगसज्जा-रुद्राक्ष
मुझे शेरा कहते हैं, जोम्बा ने मेरी मां की हत्या की, पिता को मौत के मुंह में झोंक दिया और अब विदेशियों के साथ मिलकर हमारे पूर्वजों का खजाना हड़पने के चक्कर में हैं।
तुम उन विदेशियों का मुकाबला किस प्रकार कर पाओगे, उनके पास भयानक अग्नि शस्त्र हैं।
उसकी चिन्ता मत करो मित्र!

काला प्रेत शेरा को लेकर अपनी गुफा के सामने पहुंचा।
यह तुम मुझे कहां ले आए मित्र ?
मैं यहीं रहता हूँ मित्र! आओ!
शेरा काला प्रेत के साथ गुफा में प्रविष्ट हुआ।
ओह! अद्भुत!
तुम बैठो मित्र, मै तुम्हारे लिए कुछ खाने को लाता हूँ।
कहीं ऐसा न हो, जोम्बा खजाने की तलाश में निकल पड़ा हो।
मेरा बाज उन पर नजर रखे होगा।
तभी काला प्रेत का बाज उड़ता हुआ वहां आया।
विचित्र पक्षी है!
यह मेरा मित्र साकाल है। शायद जोम्बा के बारे में कोई सन्देश लाया है।
बाज ने अपनी भाषा में काला प्रेत से कुछ कहा।
हमें जल्दी चलना चाहिए। जोम्बा खजाने की तलाश में रवाना हो चुका है।
तब जल्दी चलो।

दोनों घोड़े पर सवार होकर पुनः टुम्बा कबीले की ओर चल पड़े।

उधर, टुम्बा कबीले में एक जंगली ने असफलता की सूचना दी।
सरदार! उनका कोई पता नहीं चला।
ओह। यह बहुत बुरा हुआ, वे हमारे मार्ग में रोड़ा अटका सकते हैं!

जोम्बा! हमें यहां रुक कर अब देर नहीं करनी चाहिए, तुरन्त खजाने की खोज में चलो।
जाओ! उन्हें जंगल के कोने-कोने में तलाश करो, मिलते ही मार दो!
जो आज्ञा सरदार!

ठीक है, उन्हें मेरे आदमी देखेंगे, हम चलते हैं।
हां! हम लोग बिल्कुल तैयार हो चुके हैं।

जोम्बा विदेशियों और अपने आदमियों के साथ खजाने की खोज में निकल पड़ा.... उसी समय शेरा और काला प्रेत वहां पहुंचे।
हम ठीक समय पर पहुंचे।
हम इनका पीछा करेंगे।

हां! मैं अपने घोड़े को वापस भेज देता हूं, बाज हमारे साथ रहेगा। जाओ चीते, तुम गुफा में पहुंचकर हमारे लौटने का इन्तजार करो!
हां! तुम ठीक कहते हो, घोड़े की वजह से हमें पीछा करने में मुश्किल होगी!
काला प्रेत ने घोड़े को लौट जाने का आदेश दिया।
काला प्रेत का आदेश पाकर घोड़ा लौट पड़ा।
आओ चलें!
बहुत समझदार है तुम्हारा घोड़ा।
हां! इन्सान से भी ज्यादा।
चलते-चलते रात हो गई।
चलो भोजन आदि की व्यवस्था करो, रात भर आराम करके सुबह चलेंगे!
जोम्बा ने एक स्थान पर पड़ाव डाल दिया।

एक तम्बू में -
जोम्बा ! नक्शे के अनुसार हम बिल्कुल ठीक चल रहे हैं।
ठीक है, सुबह देखेगें, मुझे अब नींद आ रही है।
दूसरी ओर एक पेड़ के नीचे-
यह तुम हर समय अपने चेहरे को छुपाये क्यों रहते हो मित्र ?
दुश्मनों से अपने आपको छुपाने के लिए।
क्या इस जंगल में तुम्हारे भी दुश्मन हैं ?
इन्सानियत के दुश्मन कब्रिस्तान और श्मशान घाट में भी होते हैं।

क्या एक मित्र होने के नाते तुम मुझे अपने विषय में कुछ नहीं बताओगे ?
तुम एक नेक एवं बहादुर इन्सान हो मित्र, समय आने पर तुम्हें सब कुछ बताऊंगा।
तभी एक भयानक शोर जंगल में उठा।
की...
की.की...
हुआ.!!!
ओह! यह शोर कैसा ?
हो..ह
हा... हा... हो...
शायद नरभक्षी मानव हैं !
जोम्बा के लोगों में भी खलबली मच गई!
सरदार! हम पर आक्रमण हो रहा है।
मुकाबले के लिए तैयार हो जाओ।

बदहवास विदेशी भी जोम्बा के तम्बू में आ पहुंचे।
यह शोर कैसा है जोम्बा!
डोंगा कबीले के नरभक्षी लोग! हमारे दुश्मन!

कुछ ही देर में डोंगा कबीले के नरभक्षियों ने जोम्बा के दल पर आक्रमण कर दिया।
आह!!
धांय..धांय
भयानक युद्ध हुआ।

नरभक्षी जंगलियों की संख्या ज्यादा होने के कारण जोम्बा अपने विदेशी मित्रों एवं बचे हुए कुछ साथियों के साथ भाग निकला!
भाग निकलना ही अच्छा है।
मेरे बहुत सारे आदमी मारे गए।

हमें व्यर्थ में इनसे न उलझकर जोम्बा का पीछा करना चाहिए।
इनकी नजरों से बचकर निकलना कठिन काम है, फिर भी चलो, तुम नीचे, मैं पेड़ों से।

दोनों अपने-अपने तरीकों से जोम्बा के पीछे चल पड़े।
अद्‌भुत इन्सान है ये जंगलवासी इन्सान!

लेकिन काला प्रेत को यह कतई मालूम नहीं था कि कुछ नरभक्षी उस पर निगाह रखे हुए हैं।
जंगली एक दूसरे को संकेत पहुंचा रहे थे।
खट.खट.
सर्वप्रथम बाज को खतरे का आभास हुआ।
अवश्य कोई बात है !!
ची.ची
ची
चीं.चीं....
परन्तु इससे पहले कि काला प्रेत खतरे को जान कर संभलता, कुछ जंगलियों ने उसे धर दबोचा।
हो.हो...
चीं.
चे.. चे:ची.चीऊ.

काला प्रेत ने हिम्मत
नहीं हारी और उनकी
पकड़ से छूटकर उन
का मुकाबला करने
लगा, पर जीत नहीं पाया।

जंगली काला प्रेत को पकड़कर एक तरफ बढ़े।

शेरा वहां से दूर पहुंच चुका था
और जोम्बा का पीछा कर रहा था।

तभी शेरा को काला प्रेत का बाज दीखा।
बाज शेरा के कन्धे पर आ बैठा और अपनी पक्षी भाषा में कुछ कहा–
कुछ समझ में नहीं आता, लेकिन कुछ बात अवश्य है, मुझे जाकर मित्र की खबर लेनी चाहिए।
शेरा बाज के साथ तुरन्त वापस लौट पड़ा।
मेरा मित्र मुसीबत में है। पीछा करना चाहिए।

शेरा अपने मित्र को विपत्ति में पड़ा देखकर उसे छुड़ाने का उपाय सोचता हुआ बड़ी सावधानी से बिना कोई आवाज किए एक पेड़ से दूसरे पेड़ पर कूदता हुआ उनका पीछा करने लगा......

जंगली काला प्रेत को लेकर महारानी सोलंकी के सामने पहुंचे।
कौन है यह डरावना शिकार?
यह हमें जंगल में मिला, हमारा दुश्मन है।

खूब तगड़ा शिकार है, इसे आग में डाल दो, आज कबीले में जश्न मनेगा।
जंगलियों ने काला प्रेत को पेड़ से बांध आग लगा दी।
न जाने शेरा इस समय कहां होगा? और बाज साकाल भी?!!
ओं..ओं..ऽ..ऽऽ
ओं ऽऽ
तभी शेरा भयानक आवाज़ निकालता हुआ कबीले में प्रविष्ट हुआ...!!

इससे पहले कि कबीले वाले सम्भलते, शेरा काला प्रेत के निकट पहुंच गया।
चिन्ता मत करो मित्र, मैं आ गया हूँ!
जल्दी खोलो शेरा, वे आक्रमण कर रहे हैं।
आजाद होते ही काला प्रेत ने रिवाल्वर निकाल लिये
पकड़ो, जाने न पाये।
काला प्रेत और शेरा ने इस समय भागने में ही भलाई समझी और दोनों भाग निकले।

शेरा और काला प्रेत बाज समेत जंगली नरभक्षियों से दूर हो गए।
अब हमें तुरन्त जोम्बा की खबर लेनी चाहिए।
वह उन विदेशियों के साथ उस तरफ गया है।
काफी दूर तक चलने और खोजबीन करने के बाद भी जब जोम्बा आदि उन्हे नहीं मिले....
प्यारे साकाल जाओ, तुम उनकी खोज-खबर लाओ।
समझ में नहीं आता कि वे लोग कहां गायब हो गये?
जल्दी ही मेरा साकाल उनकी खबर लेकर लौटेगा।

उन्हीं पहाड़ियों में एक स्थान पर जोम्बा आदि भी विदेशियों के साथ आराम कर रहे थे।
हमारा भाग्य हमारे साथ है, खजाना इन्हीं भयानक पहाड़ियों में कहीं है।
तब तो हम उसे जरूर खोज निकालेंगे।
तभी एक डरावनी आवाज वहां गूंजी...
र-गुर्र गुर्र...
यह आवाज कैसी?
कोई भयानक जानवर लगता है।
जोम्बा आदि सभी गुफा से बाहर निकल आए
अरे बाप रे!! ऐसा बड़ा और भयानक जानवर कभी नहीं देखा।
इससे मुकाबला नहीं किया जा सकता।

जल्दी ही गुफा के द्वार पर खड़े जोम्बा और विदेशियों पर उस विशालकाय जानवर ने हमला बोल दिया।
इससे मुकाबला नहीं किया जा सकता, गोलियां इस पर असर नहीं कर रहीं।
बचाओ
भागने में ही भलाई है। भागो!!

गुर्र गुर्र..!!

जोम्बा अपने बचे हुए दो-तीन साथी और विदेशियों के साथ....
यह पहाड़ी इलाका तो भयानक खतरों से भरा पड़ा है।
कहीं ऐसा न हो कि खजाने तक पहुंचते-पहुंचते हम सब मारे जाएं।
घबराओ नहीं, हमें साहस से काम लेना चाहिए, मंजिल हमारे निकट ही है।
शेरा और काला प्रेत चट्टान के नीचे सोए हुए थे कि अचानक एक भयानक आवाज सुनकर उनकी आँख खुली
यह कैसा जानवर है? मैंने जीवन में आज तक नहीं देखा!!
यह पहाड़ी ऐसे ही जानवरों से भरी पड़ी है।
अर..र..र..
धांय धांय

शेरा और कालाप्रेत अपनी जान किसी तरह न बचते देख उस विशालकाय इन्सान रूपी विचित्र जानवर से भिड़ गए।
खवांई..खवांई...
इसकी जांघों के नीचे गोली मारो मित्र!
किसी प्रकार उस विचित्र जानवर को मारने में वे दोनों सफल हुए!!

काला-प्रेत और शेरा वहां से आगे बढ़े।
यह जोम्बा के ही आदमी की लाश है।
ऐसा लगता है कि जैसे किसी जानवर के हाथों यह मारा गया है।

तभी बाज उड़ता हुआ आया और काला प्रेत के कन्धे पर बैठ गया।
क्या कह रहा है यह?
जोम्बा आदि पहाड़ी के उस ओर गए हैं।

दोनों बाज की बताई हुई दिशा में आगे बढ़े। तभी....
रुक जाओ!!
?

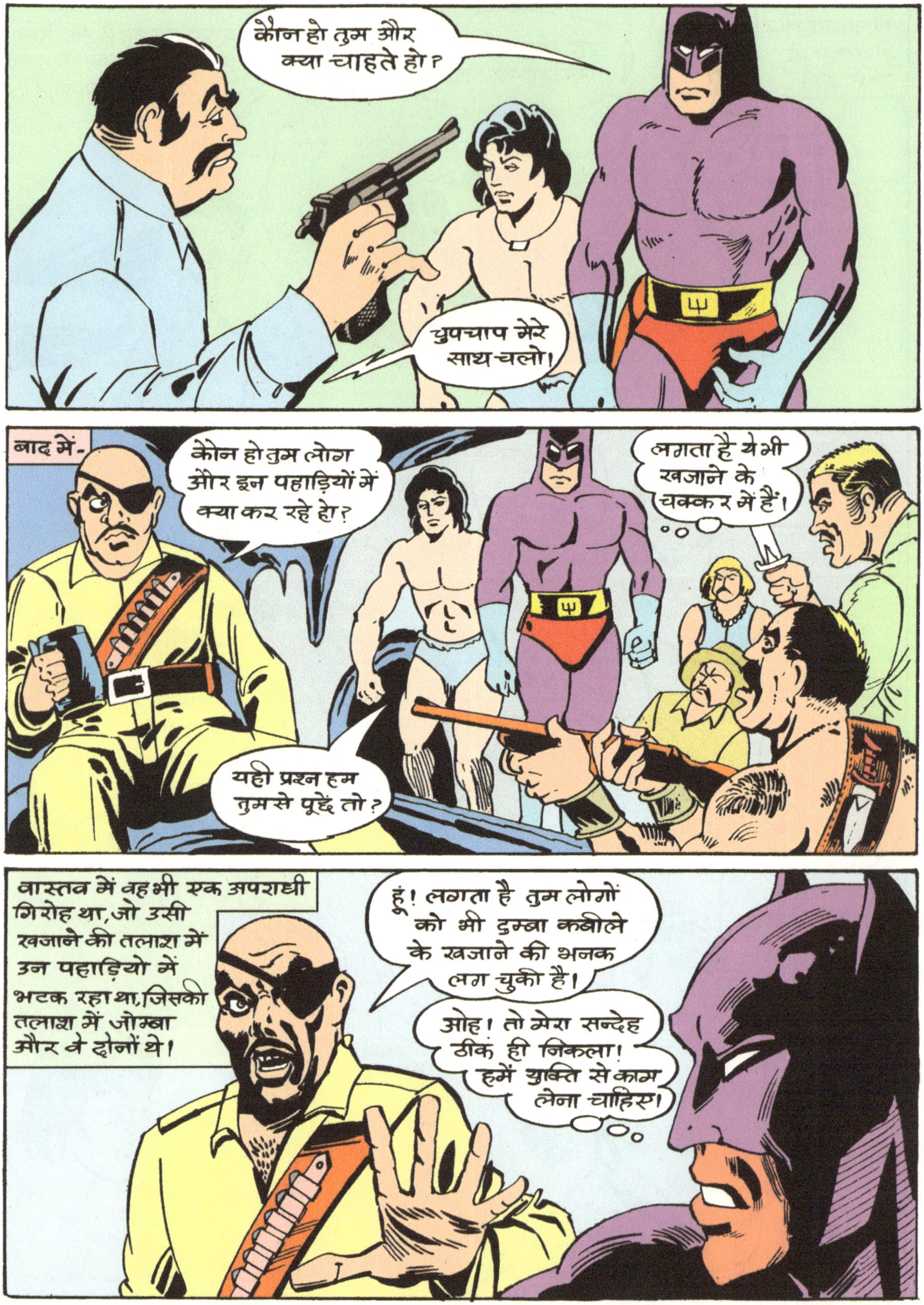
कौन हो तुम और क्या चाहते हो?
चुपचाप मेरे साथ चलो।
बाद में-
कौन हो तुम लोग और इन पहाड़ियों में क्या कर रहे हो?
लगता है ये भी खजाने के चक्कर में हैं।
यही प्रश्न हम तुमसे पूछें तो?
वास्तव में वह भी एक अपराधी गिरोह था, जो उसी खजाने की तलाश में उन पहाड़ियो में भटक रहा था, जिसकी तलाश में जोम्बा और वे दोनों थे।
हूं! लगता है तुम लोगों को भी टुम्बा कबीले के खजाने की भनक लग चुकी है।
ओह! तो मेरा सन्देह ठीक ही निकला! हमें युक्ति से काम लेना चाहिए।

हां! क्या तुम उस खजाने के बारे में कुछ जानते हो ?
तो आप लोग भी उसी खजाने की तलाश में हैं।
काला प्रेत ने शेरा को चुप रहने का इशारा कर युक्ति से काम लिया।
बहुत कुछ जानता हूँ यदि आप लोग हमारा साथ दें तो हम उस खजाने को पा भी सकते हैं।
हमें मंजूर है, तुम हमें खजाने तक पहुंचाओ, हिस्सा आधा-आधा होगा।
समझौता होने के बाद सब खजाने की खोज में निकल पड़े........
मार्ग में अपराधी-दल के सरदार ने काला प्रेत से उसके अपने और शेरा के बारे में पूछा।
तुम अपने चेहरे पर नकाब क्यों लगाए हो और तुम्हारा साथी अर्धनग्न क्यों है ?
यह जंगल का ही वासी है और अपने बारे में मैं खजाना मिलने पर ही बताऊंगा।

उधर पहाड़ियों के बीच अगले दिन सुबह जब जोम्बा और उसके साथियों की आखें खुलीं।
अरे वह देखो!
नक्शे में यही दिखाया गया है!
जोम्बा आदि पहाड़ी दर्रे की ओर बढ़े।
आह! खजाने का रास्ता मिल गया।
पहाड़ी दर्रे के बीच पहुंचकर-
वह देखो गुफा! नक्शे के मुताबिक उसी में खजाना होना चाहिए।
गुफा के द्वार पर एक भारी चट्टान थी....
सब पूरी ताकत लगाओ।

जल्दी ही वे गुफा के द्वार पर अड़ी भारी चट्टान को हटाने में सफल हो गए।
आहा! चट्टान हट गया! आओ!
आहा! अब खजाना मिल गया ही समझो।
सभी गुफा के भीतर प्रविष्ट हुए....
गुफा के भीतर दुम्बा कबीले का बेशुमार खजाना भरा पड़ा था।
मिल गया! मिल गया खजाना! इसे मैं पहनूंगा। इसपर मैं बैठूंगा।
यह हीरे मोती मेरे हुए।
ये जवाहरात मुझे दुनिया का सबसे बड़ा धनवान बना देंगे।
यह तलवार मेरी रक्षा के लिए।

उस बेशुमार खजाने को देखकर सबकी नीयत बदलते देर नहीं लगी....
खबरदार! इस खजाने को कोई हाथ मत लगाना, यह सब कुछ मेरा है।
धांय धांय
ओह! तो चींटी के भी पंख आखिर निकल ही आए।
दोस्ती दुश्मनी में बदल गई और.....
मार डालो इन्हें। मैं तुम्हारा सरदार तुम्हें आदेश देता हूँ। आह!!
अब तुम्हारे साथी भी नहीं बचेंगे।
विदेशियों ने जोम्बा और उसके साथियों को खत्म कर दिया।
यह अनमोल खजाना अब केवल हमारा है।
हमारा नहीं केवल मेरा।

क्या मतलब?
मतलब यह।

अब यह खजाना केवल मेरा है। मैं दुनिया का सबसे बड़ा धनवान हूं! हा! हा! हा!
खबरदार, यह खजाना केवल हमारा है।
हाय मेरा खजाना। आह!ऽऽ
पर तभी काला प्रेत और शेरा अपराधी दलके साथ वहां पहुंचे। गुफा मे बच रहे उस एकमात्र विदेशी को दल के सरदार ने गोली मार दी।

आओ, अब हम सब इस खजाने का बांटलें, ज्यादा लोभ अच्छा नहीं होता।
नहीं सरदार, तुम्हारी सरदारी यहीं खत्म।

खजाने के लोभ ने अपराधी दल में फूट डाल दी
क्या मतलब? तुम मुझे मारोगे, अपने सरदार को।
तभी तो यह खजाना हम पांचो का होगा मूर्ख!
अब मरो।
सरदार को भी उसके साथियों ने मौत के घाट उतार दिया
ओह! दुष्टो! तुम लोग भी नहीं बचोगे यह खजाना तुम भी नहीं पा सकोगे।
हा हा हा
हा हा हा!!
शीघ्र ही खजाने ने उन्हें भी मौत की गोद में पहुंचाने का काम किया।
बस अब तुम लोगों का यह खेल भी खत्म हुआ। यह खजाना केवल दुम्बा कबीले का है और उसीका रहेगा।
तुम कौन होते हो हमें खजाने को लेने से रोकने वाले।

मुझे तुम्हारे अपराधी दल में सब काला प्रेत के नाम से जानते हैं। ईश्वर ने मुझे तुम जैसे नराधमों को ही ठीक करने..
के लिये ही इस पृथ्वी पर भेजा है।
काला प्रेत का नाम सुन कर अपराधी दल चौंक उठा।
काला प्रेत
आखिरी लड़ाई हुई।
शेरा भी अपराधी दल से भिड़ गया.....
बहुत सुना है तुम्हारा नाम हमने अपराध जगत में, लेकिन तुम भी आज नहीं बचोगे।
अभी फैसला हुआ जाता है।
हाय मरा!!
नहीं-नहीं... यह खजाना मुझसे कोई नहीं छीन सकता।

अब खजाने के ऊपर लाशें ही लाशें पड़ी थीं।
लो शेरा। सारा खेल खत्म हो गया, तुम्हारे मां-बाप के हत्यारों के साथ साथ देश के दुश्मन भी खत्म हो गए, अब यह खजाना केवल तुम्हारा और तुम्हारे कबीले का है।
धन्यवाद मित्र, मैं तुम्हारा आभारी हूँ!
तभी शेरा का घूंसा खाकर बेहोश हुए दूसरे सरदार को होश आया।
आह...ऽऽऽ
काला प्रेत को गोली लगते देख...
गुस्से में भरकर शेरा ने उसे उठाकर दीवार पर दे मारा
काला प्रेत ने उखड़ी-उखड़ी सांसों के मध्य अपने विषय में शेरा को बताते हुए कहा-
मेरा अन्त निकट है मित्र, लगता है अब मैं नहीं बचूंगा, मेरी बात ध्यान से सुनो!
नहीं- नहीं, मैं तुम्हें इस तरह मरने नहीं दूंगा। ठहरो, मैं अभी आता हूँ।

शेरा तुरन्त गुफा से निकलकर जंगल में पहुंच गया।
हां! ये जड़ी-बूटियां ठीक रहेंगी, उसका घाव इसके लेप से जल्दी ही भर जाएगा।
कुछ ही देर बाद शेरा जड़ी-बूटी लेकर काला प्रेत के पास पहुंचा।
ओह! यह तो बेहोश हो गया है, मुझे जल्दी से इसके शरीर से गोली निकालनी चाहिए, वरना जहर सारे शरीर में फैल सकता है।
आह!!
गोली निकल गई। अब यह खतरे से बाहर है।
गोली निकालने के बाद शेरा ने उसके घाव पर जड़ी-बूटियों का लेप किया। फिर उसे कन्धे पर उठाकर अपने कबीले में पहुंचा।
ओह शेरा, सरदार तारा का पुत्र।

शेरा ने अपने कबीले के लोगों को सब कुछ बताया। सभी जोम्बा से अप्रसन्न थे। अतः उसकी मृत्यु की खबर पाकर वे प्रसन्न हो उठे और शेरा को उन्होंने तुरन्त अपना सरदार मान लिया!
सरदार शेरा जिन्दाबाद!!
जल्दी ही शेरा और उसके कबीले वालों की सेवा से काला प्रेत स्वस्थ हो गया।
मैं तुम्हारा एहसान कभी न भुला पाऊंगा मित्र!
एहसान कैसा मित्र, यह तो मेरा फर्ज है! ईश्वर की दया से तुम बच गए। अब मुझे कोई चिन्ता नहीं।
फिर पहाड़ियों से खजाना लाकर शेरा अपने कबीले की उन्नति और खुशहाली के कार्य में जुट गया।
अब मेरा कबीला अवश्य खुशहाल हो जाएगा। इन्हें उन्नत बनाने में काला प्रेत मेरी मदद करेगा।
खजाने की प्राप्ति और काला प्रेत की मदद से शीघ्र ही दुम्बा कबीला खुशहाल हो गया।
समाप्त

FCW - #0290 - 061026 - C32 - 246/170/2 - PB - 9789390472789 - Gloss Lamination